迪士尼公主
友情小故事

艾莉兒
與大寶寶

學會
顧及別人的感受

新雅文化事業有限公司
www.sunya.com.hk

艾莉兒很興奮，她聽說這天鯨魚會到附近游泳，她正要出發去看看他們！

在途上艾莉兒遇到了她的朋友
小比目魚，小比目魚上前跟着她。

「你去哪兒啊？」他問。

艾莉兒知道如果告訴小比目魚她是去看鯨魚的話，他肯定不會跟着來，因為他有點兒 *膽小*。

於是她說：「我只是四處看看，暢泳一番。」

在轉角的位置，艾莉兒和小比目魚遇見了沙巴信。他和樂隊正在布置表演場地。

「你們來得正好，
我們正要開始一場**深海
二重唱**！」他說。

雖然艾莉兒**非常**喜愛唱歌，但是她更不想錯過觀看鯨魚的時機。所以，她對小比目魚眨眼示意……

……然後他倆**悄悄地**躲到石頭後面。

趁着大夥兒不留神時，他

們便**一溜煙地**走了。

艾莉兒和小比目魚一起來到珊瑚礁的邊緣，她細看着那片深藍色的大海。

但她**沒有**看見鯨魚的蹤影，只看見……

……一片深藍色的大海。

艾莉兒慢慢游上水面，小比目魚也跟在她身後不遠處。

「鯨魚在哪兒呢？」艾莉兒疑惑地說，

「他們現在應該到這兒了。」

小比目魚皺着眉，因為艾莉兒那句話**傷害**了他。他慢慢游走，艾莉兒正想要追上他，但是突然……

「鯨魚在哪兒呢？」艾莉兒疑惑地說，
「他們現在應該到這兒了。」

「鯨魚？」小比目魚大叫。

「他們很……很……」

「……巨型啊！」

「哎呀，你別像個**大寶寶**！」艾莉兒說。

小比目魚皺着眉，因為艾莉兒那句話**傷害**
了他。他慢慢游走，艾莉兒正想要追上他，但是
突然⋯⋯

……海裏冒出了
一串串的泡泡！

原來是**鯨魚媽媽**帶着她的**鯨魚寶寶**從他們身邊游過呢！

「嘩，這才是真正的大寶寶！」小比目魚尖叫。

「小比目魚，很對不起，
我的話**傷害**了你。」艾莉兒說。

「害怕也是正常的。」

就在此時，艾莉兒和小比目魚聽見了

最美的**鯨魚之歌**。

鯨魚們在跟他們說再見⋯⋯

……還濺起了一大片水花！

艾莉兒和小比目魚決定回家了，
剛好趕得及來一曲**深海二重唱**。

貝兒的友情大發明

學會關懷別人

貝兒的心情興奮極了，無法安靜閱讀——
因為今天鎮上會舉行第一屆**發明大會**，貝兒
和她爸爸莫維斯會一起參加！

莫維斯忙着布置，貝兒便四處走走。市鎮的
廣場上人來人往、非常熱鬧，**充滿了活力**。

貝兒看見到處盡是富有創意的
新發明，**令人驚歎**。

有些發明有許多鈴鐺和哨子⋯⋯

……有些發明**非常實用**。

有些發明看起來簡單，卻讓人**甜**在**心頭**。

正當貝兒以為已經看遍了所有新發明後，

她在廣場外看到**一大羣人**聚集。

貝兒在人羣中左穿右插，想看看到底有什麼事令人們**又驚又喜**。「肯定有什麼令人興奮的事在⋯⋯」

「⋯⋯這裏。」貝兒悄聲地說。當她看到眼前的一幕時，她驚訝得幾乎說不出話來。人羣圍着的正是今次贏得冠軍的發明及其發明家——年紀跟貝兒相若的**女孩**！

女孩正要示範這發明如何運作，並在
尋找一位志願者。**貝兒立刻舉手。**

「你的名字是什麼？」那女孩問貝兒。

「我叫貝兒。請問你的名字是？」

「我叫西蒙娜。麻煩你將一些**樹葉**放在這裏。」

貝兒按照她的指示做，然後西蒙娜

按下了一個**紅色**按鈕。

「燈燈燈凳！」 西蒙娜叫道。

一小塊平滑的紙張滾了出來。

原來西蒙娜的發明能將樹葉壓成紙張！

突然，那部造紙機發出一聲怪響，然後

不斷吐出**許多許多**張紙！

待樹葉用光後，西蒙娜的造紙機終於停了下來。西蒙娜尷尬極了。**「我該怎樣處理這麼多紙張呢？」**她歎了口氣。

貝兒把紙張整齊地疊起來。

「當然是用來寫東西啦！」她說。

兩個女孩在樹下坐了下來。「寫一張令人**會心微笑**的字條吧。」貝兒說。

「好主意啊。」西蒙娜說。

寫好之後,她們悄悄地
把那**字條**交給花店老闆。

「這很**有趣**啊!」西蒙娜說。

「繼續寫更多字條吧。」

43

貝兒和西蒙娜把第二張字條交給書店老闆，然後躲在書店外。

最後，她們把一張字條交給莫維斯。
這次，她們不用躲起來。莫維斯讀
出字條上的文字：「微笑吧！
有人愛着你呢！」

46

天黑了，發明大會告一段落，西蒙娜
要**收拾**她的發明回家了。

貝兒很捨不得這位**新朋友**。

當天晚上，貝兒打開書本時，她看見
一張字條，她就知道這份**友誼**會永固的。

灰姑娘
送上最棒的禮物

學會
互相分享

灰姑娘常常收到許多隆重盛會的邀請，可是每年讓她最期待的，就是參加鄰村的豐收舞會。

今年，灰姑娘希望能為村民做點**特別**的事。

「我知道村莊裏有**四個小女孩**。」她跟老鼠朋友們說，「我想為她們每人做一條新裙子，讓她們穿着它參加豐收舞會。」

「這個主意很棒！」

傑克吱吱地說。

「那些小女孩肯定感到**非常**、**非常**榮幸！」葛斯拍手叫道。

於是，灰姑娘準備開始做第一條漂亮的小裙子。

首先，她將布料攤開來。

然後，她照着紙樣裁剪布料。

之後，她將所有布塊縫合起來。

終於，第一條裙子完成了！

接着，她繼續做餘下的三條裙子。

在慶典舉行當天，灰姑娘將**四條新裙子**放進她的馬車，老鼠們也跳上了車。

馬車一來到村莊，那些小女孩便跑出來迎接他們。

「她──她們來了！」葛斯尖叫着說。

「但是，等一下，請等等！」傑克大叫。

「總共是五個女孩子啊！」

「村莊裏一定是搬來了**一個新家庭**。」灰姑娘說。

「怎麼辦呢？」

灰姑娘從馬車上走下來。「為了感謝你們的邀請，我本來想送些新裙子給你們，讓你們**驚喜**。」她說。

「可是沒想到村莊裏多了一個小女孩，我只做了四條裙子。不過，別擔心。我已想到一個好辦法，做出**第五條**裙子！」

「如果我們每人都**分享**新裙子的一部分，可以嗎？」最年長的女孩問道，「那樣，你或許有足夠的布料為我們的新朋友做一條新裙子。」

「**我正有此意呢！**」灰姑娘說。

「你們都願意來幫忙嗎？」

女孩們十分支持灰姑娘的提議，
立即將新裙子整齊地放在附近的桌子
上，準備幹起活來。

喀嚓，喀嚓，喀嚓，喀嚓，剪刀聲此起彼落，灰姑娘小心翼翼地剪掉裙子的部分褶襉飾邊。

沙沙，刷刷，

傳來了傑克、葛斯和女孩們摺疊布料的聲響。

這邊廂灰姑娘東拼西湊，試着縫製新裙子；那邊廂女孩們左思右想，試着**分享**更多的裙子布料。

「你可以用我裙子的**紫色蝴蝶結**來裝飾啊。」其中一個女孩說。

「這裏還有**藍色布料**！」
另一個女孩說。

「這裏是我的黃色

布料！」另一個補充說。

「還有我的**粉紅色布料**！」
另一個再補充道。

吱，吱，吱，

鳥兒們一邊唱歌，一邊幫助灰姑娘將布料

和蝴蝶結縫在一起。

灰姑娘完成後，將五條新裙子送給五位小女孩。

「多謝你！」

她們異口同聲地說。

「我要感謝你們才對呢。」灰姑娘說，「多

得你們的**慷慨分享**和**協助**，這些裙子成了我

最棒的作品。」

「來一起慶祝吧！」傑克高呼。

「往這邊走。」最年長的女孩牽着灰姑娘的手說。

「來吧，來吧！」葛斯笑着說，「一起跳
舞吧！」

樂佩
找朋友

很久以前，當**樂佩**還未知道自己是位公主、還未離開高塔往她的王國冒險的時候，她是個非常寂寞的小女孩。

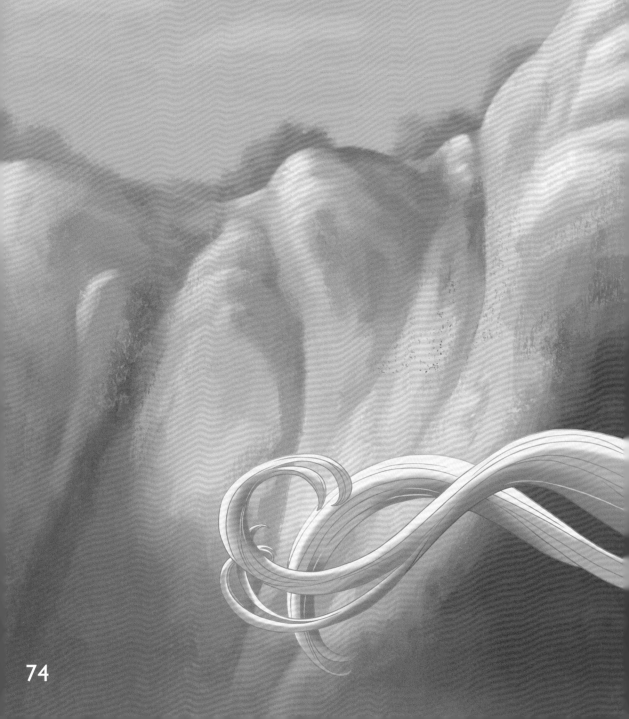

嘉芙夫人常常外出數天，留下樂佩獨自在高塔裏。只有**蝴蝶**、**蜜蜂**來陪伴樂佩，以及偶爾出現的**小鳥**。

不過，**蝴蝶**很易受驚，

而蜜蜂也不喜歡擁抱。

無論樂佩用多少種子來

吸引**小鳥**，牠們也只會短

暫停留。

找朋友太難了，樂佩只好試着做其他事情。
她每天都會嘗試做一項令人興奮的新活動。

首先，她試着**畫畫**……

……但是她的畫作沒有想像中那麼美好。

然後，她試着做蛋糕……

……但是她的蛋糕燒焦了。

最後，樂佩

試着**種植**……

……但是她的種子不發芽。

「今天實在糟透了。」

樂佩說，「我不會畫畫、不會

做蛋糕，就連一顆草莓也無法種出來。」

正當樂佩預備收起鏟子時，她留意到泥土上有一些**奇怪**的圖案。

仔細一看，她發現那些原來是**足印**。「讓我看看這些足印還會出現在什麼地方。」她說。

數小時後，她發現她的顏料上
也有相同的足印！

當樂佩在麵粉上也找到足印時，她便知道事有蹊蹺。

「這是個謎團。」她說，「我最喜歡解謎了！」

從那時起，每當樂佩畫畫時，
便刻意 **傾瀉** 一點顏料在地上。

每當她做蛋糕時，
便刻意**撒下**一些麵粉在桌上。

每當她種植時，便刻意**灑下**一點泥土在地上。她想知道，那些足印還會不會出現……

……而那些
足印總會出現！

雖然樂佩還不知道那是誰的足印，
但她卻在不知不覺間花了許多時間來培
養她的興趣。現在樂佩已變成了畫畫、
做蛋糕和種植的**高手**了。

有一天，正當樂佩在採摘草莓時，她
發現了一顆形狀很**奇特**的草莓。她伸手採
摘之際……

……它卻突然變色了！

　　在她面前出現的，是一隻因受驚過度而動彈不得的**變色龍**。

「原來一直是你留下一些足印！」
樂佩說。變色龍好像在點頭回應。不過她該如
何游說牠留下來呢？

「我叫樂佩。」她說，「我叫你做**巴斯高**
吧。你會不會……」

「⋯⋯想吃點蛋糕？」

　　後來樂佩發現巴斯高無法抗拒蛋糕的吸引

力，而巴斯高也發現樂佩是每條變色龍都渴求

的**最好朋友**。

白雪公主與三個巨人

DISNEY PRINCESS

學會
不以貌取人

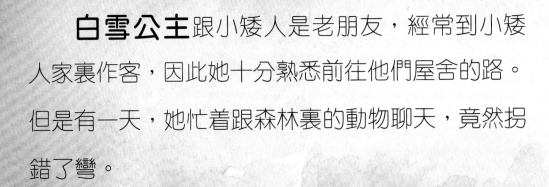

白雪公主跟小矮人是老朋友，經常到小矮人家裏作客，因此她十分熟悉前往他們屋舍的路。但是有一天，她忙着跟森林裏的動物聊天，竟然拐錯了彎。

不知不覺間，她來到了一間**非常特別**的屋舍。

最初，白雪公主還沒留意到⋯⋯

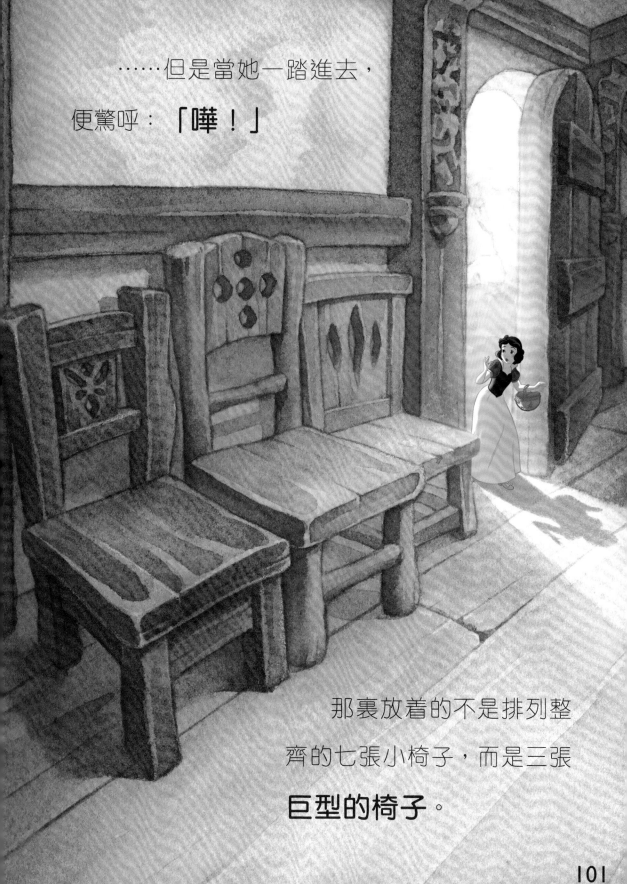

……但是當她一踏進去，

便驚呼：「嘩！」

那裏放着的不是排列整

齊的七張小椅子，而是三張

巨型的椅子。

那裏沒有她所熟悉的小廚房，卻有個**巨型的壁爐**，裏面燒着熊熊烈火，**劈里啪啦**。

白雪公主還發現了一張**巨型的飯桌**，
就在此時，地面開始震動起來。

「糟糕了！」她驚呼。

嘎吱一聲，大門打開了。進來的
是三個巨人——白雪公主從來沒見過這
麼**高大**的人們。他們笨拙地一步一步
走向她的方向。

白雪公主心想：怎麼辦呢？

白雪公主清了清嗓子，然後站出來。「不好意思。」她說。

那些巨人被**嚇得彈了起來**。

「對不起。」白雪公主繼續說，「我不小心走進來了。」

「噢！」最巨大的巨人說，「你把我們嚇倒了。我們很少有訪客。」

最細小的巨人接着說：「既然你來了，就跟我們一起吃晚飯吧。」

107

最細小的巨人幫助她爬上椅子。「我給你找一些墊子來墊高。」他說。

「這裏還有一隻小碟和小杯。」**中型**的巨人說。

「謝謝你們。」白雪公主說，

「你們真的很**友善**啊！」

第二天，白雪公主跟小矮人
分享了她的經歷。

「巨⋯⋯巨⋯⋯巨人？」 害羞鬼結結巴巴地說。

瞌睡蟲打着呵欠說：「他們不是危險人物嗎？」

「一點也不是呢。」白雪公主說。

「別相信他們！」愛生氣說，
「你不能相信任何高大的人們。」

「但是我也比你們高大啊。」白雪公主說，
「你們去見見他們就會明白。」

白雪公主回到城堡裏，預備了十封派對邀請信，又列出了一張食物清單，全部都是她會做的可口美食。不過，她還得構思一個可以令參加者**開懷大笑的遊戲。**

舉行派對那天，白雪公主宣布：「我們來玩一個名叫『有沒有』的遊戲，玩法是這樣的：我會說一項有關自己的事，如果你們也是這樣的話，就叫一聲『有』，然後就到下一位參加者來說……」

「我很愛這種遊戲。」萬事通笑着說。

「現在就開始吧。」

白雪公主想了想後說。

「我有兩隻眼睛。」

「有！」巨人大叫。

「有！」小矮人大叫。

白雪公主望着下一位參加者，
他就是**害羞鬼**。

「嗯，我有兩隻耳朵。」

「有！」巨人大叫。
「有！」小矮人大叫。

輪到**最巨大**的巨人了。

「呀，我有一個鼻子。」

「有！」巨人大叫。「有！」小矮人大叫。

「我們看起來好像很不同，卻原來有
這麼多共通點。」愛生氣自言自語地說。

「是啊！」白雪公主說。

「其實還有一個共通點……

你們全部都是我的朋友！」